Edition Paashaas Verlag

EPV

Krimiparty
Sonderausgabe 4

MorgenGRAUEN
Ein Mitspielkrimi aus Bayern

Autor: Cornelia H.-Müller
Cover-Motiv: Tobias Kunze / pixelio.de
Cover designed by Manuela Klumpjan
www.verlag-epv.de
ISBN: 978-3-942614-58-0
Printed: BoD, Norderstedt
Neuerscheinung November 2013

Die Deutsche Nationalbibliothek verzeichnet diese Publikationen in der Deutschen Nationalbibliografie; detaillierte bibliografische Daten sind im Internet über http://dnb.d-nb.de abrufbar.

Inhaltsverzeichnis

Die Rollenverteilung
Diese Krimiparty ist für 7-10 Personen ausgelegt:
Bei 8 Personen: Rollen wie angegeben
Bei 9 Personen: Susi Hosenbein spielt mit
Bei 10 Personen: Mit Susi und dem unabhängiger Beobachter
Bei 7 Personen: Die Rollen von Polizist Schickerl und
X. Moosgruber werden von einer Person vertreten.

Einleitung

Mithilfe dieses Buches können Sie zu Hause gemeinsam mit Ihren Familienmitgliedern und Gästen auf Tätersuche gehen. Sie tauchen ein in einen spannenden Mordfall, ermitteln, befragen und bewerten Tatsachen und Aussagen.

Dabei werden von niemandem schauspielerische Fähigkeiten verlangt. Sie sitzen mit Ihren Mitspielern in gemütlicher Runde beisammen und versuchen gemeinsam, dem Täter auf die Spur zu kommen!

Zu diesem Krimi gibt es eine Geschichte des Verbrechens, die in der Runde vorgelesen wird und darüber informiert, was passiert ist, sowie Rollenbeschreibungen für alle Mitspieler und eine schlüssige Auflösung.

Der Krimi ist so angelegt, dass in einem Raum ermittelt wird. Ob Sie also im Wohnzimmer oder im Freien während eines Grillfestes versuchen, mit Ihren Gästen den Fall zu lösen, spielt keine Rolle.

Das Buch ist mit dem Internet gekoppelt.
Das benötigte Zubehör können Sie ganz einfach herunterladen und ausdrucken. Einladungen, Namensschilder, Kurztexte und Rollentexte finden Sie auf:

http://www.verlag-epv.de im Bereich Download Krimiparty.
Ihre Zugangsdaten lauten:
Benutzername: krimiparty
Passwort: hmueller11

So funktioniert ein Mitspielkrimi!
Erklärungen zur Durchführung

Lesen Sie die Grundgeschichte und die dazu gehörenden Rollen bitte gründlich durch. Überlegen Sie, welcher Mitspieler welche Rolle übernehmen soll. Es ist kein Problem, wenn einmal eine Dame eine Herrenrolle übernimmt oder umgekehrt. Wenn Sie allerdings auch mit ermitteln wollen, ohne zu wissen, wer der Täter ist, vergeben Sie die Rollen blind und lesen Sie keinesfalls die Auflösung durch. Auf diese Weise werden auch Sie als Gastgeber zum "echten" Ermittler.

Haben Sie einen Internet-Anschluss? Dann können Sie unter **www.verlag-epv.de** die einzelnen Rollen für Ihre Gäste herunterladen und ausdrucken. Sollten Sie diese Möglichkeit nicht haben, kopieren Sie sie aus dem Buch.

Die Rollentexte werden erst am Abend selbst an die Mitspieler vergeben. Versenden Sie sie bitte nicht mit der Einladung.

Bereiten Sie Namensschilder mit den Rollennamen für Ihre Gäste vor, diese werden am Spielabend mit einem Klebestreifen oder Klämmerchen für alle sichtbar angeheftet. Auch diese sind im Internet zum Download hinterlegt.

Drucken Sie die Kurzbeschreibung für Ihre Gäste aus; sie erleichtert den Einstieg und hilft, sich die neuen Spiel-Namen zu merken. Wenn möglich, drucken oder fotokopieren Sie für jeden Gast eine Kurzbeschreibung.

Der Spielablauf

Ihre Gäste werden sicher schon sehr gespannt sein, was sie erwartet. Damit Ihr Krimiabend zum Erfolg wird, noch folgende Tipps:

Schaffen Sie eine gemütliche Atmosphäre und vermeiden Sie zu helles Licht. Stellen Sie Kerzen oder kleine Lichter auf; dies schafft den richtigen Rahmen. Legen Sie bitte für jeden Gast Papier und Stift bereit. Notizen zur Geschichte und zu den einzelnen Aussagen der Mitspieler sind wichtige Stützen bei der Ermittlungsarbeit. Halten Sie bitte auch für jeden Gast die ausgedruckte Kurzbeschreibung des Falles bereit.

Haben Sie ein Abendessen für Ihre Gäste vorgesehen?

Dann dekorieren Sie die Kurzbeschreibungen mit auf der Tafel. Sie werden feststellen, dass es bereits beim Lesen dieser Information rege Gespräche und Verdächtigungen gibt. Wenn sich die Gäste untereinander noch nicht kennen, dient die Kurzbeschreibung ganz wunderbar als Eisbrecher.

Wenn Sie ein Menü mit mehreren Gängen servieren, gehen Sie wie folgt vor:

Verteilen Sie vor der Vorspeise die Namensschilder. Jeder Gast weiß nun, wen er heute Abend charakterlich vertritt.

Lesen Sie nach der Vorspeise den ersten Teil der Geschichte vor. Es ist in der Geschichte vermerkt, an welcher Stelle die Lesung unterbrochen werden kann, um den Hauptgang zu genießen. Auf diese Weise wird Ihr Abend zu einem richtigen Krimidinner.

Nach dem Hauptgang lesen Sie den Rest der Geschichte vor.

Erst danach erhält jeder Gast seine persönliche Rolle, die aus Vorstellungstext und Geheimtext besteht. Diese Texte werden nun von den Mitspielern gründlich und vor allem diskret studiert. Wenn alle Gäste soweit sind und ihre Rolle gelesen haben, beginnt die Vorstellungsrunde. Alle Mitspieler lesen reihum ihren Vorstellungstext vor.

Der geheime Text enthält weitere Informationen und ergänzt die Geschichte; er wird nicht vorgelesen, sondern bietet Hintergrundideen, die jede einzelne Person zum Ermitteln benötigt und dann nach eigenem Geschick in die Ermittlungen einbringen kann. Der Mörder erfährt in seinem Geheimtext auch, dass er der Täter ist.

Nach der Vorstellungsrunde beginnen die Ermittlungen; durch Vorstellungs- und Geheimtext ergeben sich viele Fragen, die nun gestellt und beantwortet werden.

Lügen, darauf sollten Sie Ihre Gäste noch einmal hinweisen, darf wirklich nur der Täter. Alle anderen müssen sich nahe an der Wahrheit orientieren.

Wenn die Ermittlungen abgeschlossen sind, verteilen Sie Zettel, wo jeder seinen Namen und seinen Täterverdacht aufschreiben kann. Sammeln Sie die Zettel ein. Danach servieren Sie, wenn es vorgesehen ist, das Dessert.

Zum Abschluss lesen Sie als Gastgeber die Auflösung des Falles vor. Erst jetzt darf sich der Täter zu erkennen geben!

Geben Sie bekannt, wie viele anhand der eingesammelten Zettel den richtigen Täter ermittelt haben – eventuell machen Sie daraus sogar ein kleines Gewinnspiel, indem Sie etwas verlosen.

Beenden Sie den Abend mit der Verlesung des Schlusswortes; dieses sorgt sicher noch einmal für viel Spaß.

Wenn Sie kein Abendessen, sondern nur einen kleinen Snack planen, gehen Sie wie folgt vor:

- Begrüßung der Gäste und Verteilung der Namensschilder und der Kurzbeschreibung

- Verteilung von Papier und Bleistift für Notizen

- Vorlesen der Grundgeschichte

- Verteilen der Rollentexte

- diskretes Studieren der Rollentexte

- Vorstellungsrunde

- Ermittlungen

- Täterverdacht aufschreiben lassen

- Verlesen der Auflösung

- Bekanntgabe, wer richtig geraten hat - und wenn es vorgesehen ist, Ziehung des Gewinners

- Verlesen des Schlusswortes

Häufig gestellten Fragen zur Durchführung:

Frage: Weiß der Mörder, dass er der Täter ist?
Antwort: Ja, dies steht ausdrücklich im Geheimtext seiner Rolle.

Frage: Dürfen die Gäste schummeln und flunkern?
Antwort: Nur der Mörder darf dies tun. Die anderen sollten sich nahe an der Wahrheit orientieren.

Frage. Ich habe mehr Gäste als Rollen. Was nun?
Antwort: Wir haben in der Geschichte sogenannte Gastrollen vorgesehen. Wenn es heißt: 7-10 Mitspieler, gibt es 7 größere Rollen und 3 kleinere Gastrollen. Die größeren Rollen müssen, die Gastrollen können besetzt werden.

Sollten Sie die doppelte Anzahl Gäste haben, können Sie an 2 Tischen gleichzeitig spielen. Bereiten Sie Rollen und Zubehör zweimal vor, lesen Sie die Geschichte zentral vor und ermitteln Sie danach an 2 Tischen. Sie werden sehen, dass auch dies reibungslos funktioniert. Vermutlich werden die Tische zu ganz unterschiedlichen Ergebnissen kommen; es kommt immer ganz darauf an, wie sich die einzelnen Mitspieler verhalten.

Frage: Müssen alle Gäste ungefähr gleich alt sein?
Antwort: Nein. Wir haben in unseren Testrunden mit Personen jeden Alters in gemischten Gruppen gespielt. Unsere Mitspieler waren von 16 bis 80 Jahre alt, und allen hat es großen Spaß bereitet!

Frage: Muss alles aus dem Vorstellungstext auch vorgetragen werden?

Antwort: Ja, der Text der Vorstellungsrunde ist so angelegt, dass er wichtige Informationen gibt, ohne die die Ermittlungen rasch langweilig werden.

Frage: Meine Frage war hier nicht aufgeführt; ich benötige Hilfe.

Antwort: Wenden Sie sich bitte an
glashauskrimi@glashauskrimi.de
und schreiben Sie der Autorin eine Mail. Sie wird Ihnen alle anstehenden Fragen zum Gelingen Ihrer privaten Krimiparty gerne beantworten.

Die Einladung

Wenn Sie Ihre Gäste schriftlich einladen wollen, können Sie z. B. diesen Text als Vorlage nutzen. Im Internet finden Sie eine vorbereitete Einladung, die Sie ausdrucken können.

Einladung zur Krimiparty
Tatort: _____

Die Ermittlungen beginnen am _____

um _____ Uhr.

Für das leibliche Wohl ist ebenso gesorgt, wie für spannende Unterhaltung, denn es gibt tatsächlich einen Mord aufzuklären. Klar, dass wir dabei deine/eure Unterstützung benötigen.

Falls ihr eine Lesebrille tragt, vergesst sie bitte nicht, denn ihr erhaltet selbstverständlich Akteneinsicht.

Ich würde mich sehr freuen, wenn du/ ihr komm(s)t.
Herzliche Grüße

Antwort bitte per Tel. _____

Kurzbeschreibung
MorgenGRAUEN

Lokalnachrichten Tageblatt Wulfrathshausen

„Der Brauereibesitzer Konrad Weiblinger (72) wurde heute bei einem Jagdunfall im Wulfrathshausener Forst tödlich verletzt. Nähere Umstände zu dem tragischen Unglück sind bislang nicht bekannt. Der Unternehmer war weit über die Grenzen Bayerns hinaus bekannt und geschätzt. Besonders tragisch ist, dass Konrad Weiblinger am kommenden Montag die Münchner Immobilienhändlerin Susanne Schwammberger (34) heiraten wollte.
Konrad Weiblinger hinterlässt neben einem Millionenvermögen einen Sohn und eine Tochter aus erster Ehe.
Wir werden weiter berichten!"

Es spielen mit:
Xaver Moosgruber – Bürgermeister von Wulfrathshausen
Traudl-Stacher-Weiblinger – Schwester von Konrad
Susanne Schwammberger – Verlobte von Konrad
Maximilian Weiblinger – Sohn Konrads
Linda Weiblinger – Tochter Konrads
Josefine Weiblinger – 1. Ehefrau von Konrad
Johannes Ortlieb – Kaufmännischer Direktor der Brauerei
Edwin Schickerl – Hauptkommissar Wache Wulfrathshausen
Susi Hosenbein – Sekretärin im Bürgermeisteramt
sowie …. neutrale Beobachter

Ein Wort zu den Spielregeln:
Alle Mitspieler sollten sich nahe an der Wahrheit orientieren; schwindeln darf nur der Mörder. Dieser muss allerdings vorsichtig sein; wird er beim Schwindeln erwischt, glaubt man ihm gar nichts mehr…

Viel Vergnügen und einen Mordsspaß bei den Ermittlungen!

Die Grundgeschichte zum Vorlesen
MorgenGRAUEN

Das ist passiert:

Xaver Moosgruber betrat am Donnerstag gegen 10:00 Uhr die kleine Polizeistation von Wulfrathshausen. Der Polizist Edwin Schickerl saß über die Tageszeitung gebeugt an seinem Schreibtisch und biss soeben herzhaft in die Leberkässemmel.

„Ah, der Bürgermeister", rief er mit vollem Mund und kaute hastig schneller. Dann schluckte er, wischte sich mit der rechten Hand über die Lippen und grummelte

„Wo brennts denn, so früh am Morgen?"

Xaver Moosgruber trat näher.

„Schickerl", sagte er dann ernst. „Bei mir oben in der Jagdhütten hams einbrochen!"

„Woos? Einbrochen hams! Ja sakra, die Sauburschen. Is denn wo's g'stohlen?

Bürgermeister Moosgruber nickte besorgt.

„Ja, Schickerl", sagte er dann. „Die Baroness ist weg!"

Entsetzt ließ Schickerl die Semmel auf die Zeitung sinken.

„Na", sagte er dann ehrlich bestürzt, „doch net die Baroness! So a schön's Gwehr."

Er blickte den Moosgruber ernst an.

„Du hast sie aber scho vorschriftsmäßig im Waffenschrank abgsperrt, oder?"

Moosgruber verzog fast schmerzhaft das Gesicht.

Dann flüsterte er:

„Das ist es ja grad. I hob's zwar im Waffenschrank gestellt, aber vergessen, ihn abzusperren."

Schickerl kratzte sich am Kopf.

„Dös ist sehr schlecht für deinen Jagdschein, Bürgermeister. Dös weißt scho, gell?"

Der Bürgermeister nickte. „Mei, Schickerl, mir kenna uns jetzt scho so lang... und da dacht ich... du weißt scho... des man da vielleicht diskret ermitteln könnte. Ein Mann mit deinen Fähigkeiten! Der muss doch net alles gleich an die große Glocken hängen, oder?"
Schickerl überlegte kurz, dann bot er dem Bürgermeister mit einer Handbewegung den Stuhl gegenüber an.
„Also Bürgermeister", sagte er dann, „hock dir her und verzähl mir alles. Und dann schaun mir weiter, gell!"

Der Morgen dämmerte bereits über dem Wulfrathshausener Forst, als der Jäger, bekleidet mit einem weißen Kapuzenoverall, an diesem Freitag in aller Frühe die Leiter zum Hochsitz erklomm. Oben angekommen stellte er das noch gut verpackte Gewehr in eine Ecke und nahm ein Fernglas aus dem mitgebrachten Rucksack. Der Blick zur gut 180 Meter entfernten Lichtung war einwandfrei, von hier würde man das Ziel kaum verfehlen können.

Der Besitzer der Jagd und auch dieses Hochstands war Xaver Moosgruber, der Bürgermeister von Wulfrathshausen. Moosgruber hatte gegenüber dem Ausguck eine kleine Holzbank einbauen lassen. Auf diese setzte sich der Jäger nun und packte die Blaser Kipplaufbüchse R95 Baronesse aus. Sie war ausgestattet mit einem dämmerungstauglichen Zielfernrohr und absolut geeignet für Schüsse bis 200 Meter auf Rot- und Schwarzwild. Ein schönes Gewehr mit langen Seitenflächen, Achtkantlauf und goldenem Abzug.
Besonders auffällig war die attraktive Gravurauswahl aus Tier- und Ornamentmotiven, die jeweils seitlich auf der Waffe aufgebracht war. Fast liebevoll wurde die Büchse nun geladen.
Probehalber legte er sie an und richtete den Lauf auf die

Lichtung. Obwohl sich das Tageslicht erst mühsam den Weg durch die Baumkronen suchte, war die Sicht durch das Dämmerungszielfernrohr einwandfrei. Zufrieden stellte er die Büchse ab und setzte sich erneut auf die kleine Holzbank. Nun hieß es abwarten.

Konrad Weiblinger hatte seinen Wagen gegen 05:00 Uhr am Wanderparkplatz des Wulfrathshausener Forst abgestellt. Die letzten gut 2000 Meter bis zur Lichtung musste er zu Fuß zurücklegen. Der Anstieg war mühsam, aber dem sportlichen Weiblinger fiel der Weg, trotz seiner 72 Jahre, nicht schwer.

Nach gut 10 Minuten passierte er die Jagdhütte von Xaver Moosgruber, die zu seiner linken auf einer kleinen Anhöhe stand. Die frisch gestrichenen Holzläden waren verschlossen; nur eine schwarze Katze lag auf dem Vespertisch vor der Hütte und putzte ihr glänzendes Fell.

Nach weiteren 10 Minuten erreichte er die große Lichtung. Die ersten Sonnenstrahlen suchten sich ihren Weg durch die Bäume und hüllten den Wald in ein warmes, fast geisterhaft anmutendes Licht. Weiblinger sah auf die Uhr; er war gut in der Zeit.

Für einen Moment schloss er die Augen und zog die frische Waldluft tief in seine Lungen.

Genau in diesem Moment fiel ein Schuss. An der Jagdhütte sprang die schwarze Katze erschrocken vom Tisch, während Weiblinger auf der Lichtung strauchelte und dann, in die Brust getroffen, auf den Rücken kippte. Das Letzte was Konrad Weiblinger in seinem Leben empfand, war grenzenlose Verwunderung. Dann wurde es Nacht.

Der Jäger im weißen Overall packte die Baroness sorgsam

zurück in die Schutzhülle. Bevor er den Hochsitz verließ, sah er sich noch einmal gründlich um. Es war wichtig, auch nicht die kleinste Faser zu hinterlassen. Dann nahm er seinen Rucksack und die Büchse und kletterte behände die Leiter hinunter.

Wulfrathshauser Tageblatt: Lokalnachrichten

*Heute, am frühen Morgen, wurde der
Brauereibesitzer Konrad Weiblinger (72)
bei einem Jagdunfall im Wulfrathshausener Forst tödlich verletzt. Nähere Umstände zu dem tragischen Unglück sind bislang nicht bekannt.*

*Der Unternehmer war weit über die Grenzen Bayerns hinaus
bekannt und geschätzt.
Besonders tragisch ist, dass Konrad Weiblinger am kommenden Montag die Münchner Immobilienhändlerin
Susanne Schwammberger (34) heiraten wollte.*

*Konrad Weiblinger hinterlässt neben einem Millionenvermö-
gen einen Sohn und eine Tochter aus erster Ehe.*

Wir werden weiter berichten.

An dieser Stelle können Sie den Hauptgang servieren.
Danach lesen Sie bitte weiter vor:

Es war ein schwarzer Tag für Wulfrathshausen. Die Beerdigung von Konrad Weiblinger hatte sehr viele Besucher in den kleinen Ort mitten in Oberbayern geführt und die Friedhofskapelle war bis auf den letzten Platz besetzt.
Der prächtige Eichensarg stand aufgebahrt vor dem Altar.
Obenauf lag ein gewaltiger Kranz mit roten Rosen und auf der dazugehörenden weißen Schleife stand in blutroten Lettern: *Deine Susanne.*

In den schmalen Holzbänken der ersten Reihe saßen auf der linken Seite Konrads Schwester Traudl Stacher-Weiblinger, der Bürgermeister Xaver Moosgruber, sowie Linda, die Tochter des Toten.

Auf der rechten Seite saß, wie erstarrt, Susanne Schwammberger und gleich daneben Johannes Ortlieb, der kaufmännische Direktor der Brauerei.
Gerade als der Organist in die Tasten griff und zum Beginn des Trauergottesdienstes das Lied "Wir danken Dir, Herr Jesu Christ" anstimmte, öffnete sich mit lautem Quietschen die schwere Holztür der Kirche und ein junger Mann in schwarzer Lederkluft betrat die Kapelle.
„Mei... der Max!", raunte es quer durch die Kirchenbänke.
Alle Köpfe drehten sich herum und richteten ihre Augen auf Max Weiblinger, der nun raschen Schrittes nach vorne zum Altar eilte, sich vor dem Sarg kurz verbeugte und dann zwischen seiner Schwester Linda und Tante Traudl in der ersten Reihe Platz nahm.
Das Getuschel in den Bänken beruhigte sich erst, als der Organist das Eingangslied beendet hatte und der Pfarrer in die

Kanzel stieg. Er sprach sehr schön, der Herr Pfarrer.

Tüchtig und ein Vorbild sei er gewesen, der Konrad, und sein Lebenswandel einwandfrei und beispielhaft. Großzügig habe er für die Kinder im Dorf einen Spielplatz gestiftet und für das Altenheim die Bänke im Garten. Als Unternehmer habe er für Arbeitsplätze gesorgt und als CSU-Mitglied sei er stets für die Belange des Landkreises eingetreten. Ja, man dürfe stolz darauf sein, einen solchen Bürger in der Wulfrathshausener Mitte gehabt zu haben.

An dieser Stelle darf angemerkt werden, dass nicht jeder in der Kirche diese freundliche Auffassung vom Wesen des Verstorbenen teilte, was hier und da mit einem unauffälligen Kopfschütteln quittiert wurde.

Als der Sarg jedoch später von 8 kräftigen Mitarbeitern der Brauerei hinaus zur Grabstelle der Weiblingers getragen wurde, blieb kein Auge trocken und während der Brauereichor am offenen Grab das Ave Maria sang, erreichte der dramatische Abgang des Konrad Weiblinger seinen Höhepunkt.

Nach der Bestattung lud die Familie ins Restaurant zur Post. Während die geladenen Gäste im König-Ludwig Saal ein 3-Gänge-Menü verspeisten, saßen vorne in der Gaststube die Wulfrathshausener Bürger und viele Mitarbeiter der Brauerei und labten sich am spendierten Streuselkuchen und dem kostenlosen Weiblinger Weißbier.
Das Thema an allen Tischen war nicht das tragische Ende vom Weiblinger, sondern das unerwartete Auftauchen von dessen Sohn Max der Kirche.

Stunden später:
Xaver Moosgruber stand am offenen Fenster seines Büros im Bürgermeisteramt und holte gerade seine Schnupftabakdose aus der Westentasche, als Fräulein Hosenbein, seine Vorzimmerdame, anklopfte und ihren Kopf zur Türe hinein steckte.

„Herr Bürgermeister, da ist eine Frau Weiblinger für Sie!"

„Die Linda? Sie soll reinkommen…"

Xaver Moosgruber ging ein paar Schritte auf Frau Hosenbein zu und bemerkte ihr Zögern!

„Was ist denn los? Oder meinen's vielleicht die Traudl Stacher-Weiblinger?"

„Na", sagte Fräulein Hosenbein… I mein die…

In diesem Moment wurde die Sekretärin von einer energischen Dame mittleren Alters zur Seite geschoben.

„Nein, sie meint mich, mein lieber Xaver. Ich bin's, Josefine. Die erste Frau des lieben Verstorbenen und Mutter seiner Kinder!"

Mit diesen Worten schob sie das Fräulein Hosenbein zur Türe hinaus und schloss dieselbe.

Xaver Moosgruber sah sprachlos zu, wie Josefine in einem der rustikal gemütlichen Sessel Platz nahm, sich eine Zigarette ansteckte und die Beine übereinander schlug. Sie blies den Rauch genüsslich aus und sah ihn provozierend an.

„Mit mir hast du wohl nicht gerechnet, was?"

Der Bürgermeister fing sich.

„Was für eine Überraschung, dich hier zu sehen. Das muss ja mindestens 20 Jahre her sein, dass du das letzte Mal hier warst."

Josefine lachte…

„25 Jahre, um genau zu sein! Und ich bin sicher, du freust dich wie deppert, mich wiederzusehen, oder?"

Linda saß nachdenklich in der Küche ihres Appartements und trank ein Glas Wein. Der verlorene Sohn war zurück, damit hatte sie nicht gerechnet. Nach der Beerdigung hatte Max ihr gegenüber keinen Zweifel daran gelassen, dass er ab Montag wieder seinen alten Platz in der Leitung der Brauerei einnehmen würde. Obwohl Linda ihren Bruder zweifellos liebte und in den letzten 2 Jahren auch sehr vermisst hat, ärgerte sie diese Wendung der Sachlage sehr.

Max stand am nun zugeschütteten Grab seines Vaters. Die Friedhofsarbeiter hatten die vielen Kränze geschickt angeordnet und ganz obenauf lag Susannes prachtvolle Gebinde mit den roten Rosen. Kurz entschlossen nahm Max den Kranz und trug ihn am Friedhofseingang zum Abfallcontainer. Dort sollte ihn jeder Friedhofsbesucher im Müll liegen sehen.

Johannes Ortlieb war nach der Beerdigung gleich wieder in die Brauerei gefahren und an seinen Schreibtisch zurückgekehrt. Nun zog er die linke Schreibtischschublade auf und nahm einen Briefumschlag heraus. Er legte denselben in den Reißwolf und drückte auf den Knopf mit der Aufschrift „ON". Langsam fraß sich der Brief durch den Schredder. Ortlieb betrachtete nachdenklich die kleinen Papierstreifen, die auf der anderen Seite des Gerätes herausfielen. Das Schreiben hatte jeden Gegenstand verloren. Durch den Tod des Chefs hatten sich die Dinge grundlegend geändert.

Traudl Stacher-Weiblinger lag im Bett ihres kleinen Appartements in der Weiblingschen Villa und sah sich um. Die Umzugskisten hatte sie bereits zum Teil schon wieder ausgepackt und Susanne vor die Schlafzimmertüre im 1. Stock gestellt. Die Hochzeit am Montag fiel aus und somit würde nicht Traudel, sondern Susanne ihre Siebensachen packen müssen. Zufrieden löschte Traudel das Licht.

Susanne Schwammberger warf sich im Bett hin und her und fand keinen Schlaf. Schließlich stand sie auf, nahm ihr Handy aus der Handtasche und tippte eine Nummer ein. Es dauerte eine Weile, dann wurde abgehoben.
„Ich bin es, Susanne", sagte sie leise. „Können wir uns sehen?"
Der Angerufene zögerte einen Moment, dann wurde die Leitung unterbrochen.

Edwin Schickerl saß in seinem Büro, studierte die Unterlagen der Ballistiker und der Spurensicherung und stöhnte leise vor sich hin. Der Fall lag gänzlich anders, als er bisher angenommen hatte. Bei dieser Sachlage war an einen Jagdunfall nicht mehr zu denken. Wenn er den Fall nicht schnell und diskret lösen konnte, musste man ihn in den nächsten Tagen unweigerlich nach München an die Kommissare Leitmeyer und Batic abgeben. Schickerl war entschlossen, das zu verhindern und griff zum Telefon.

Als er am Abend in der Villa des Verstorbenen eintraf und von Olga, der Haushälterin, ins Wohnzimmer geführt wurde, hatte sich dort bereits eine bunt gemischte Gesellschaft eingefunden.
Trotzdem sprach niemand ein Wort. Schweigend saßen die Anwesenden beieinander und würdigten sich kaum eines Blickes.
Nacheinander begrüßte Schickerl die Geschwister Linda und Max Weiblinger, Traudl Stacher-Weiblinger, Johannes Ortlieb sowie Susanne Schwammberger.
Noch bevor er das Wort ergreifen konnte, kamen 2 weitere

Besucher dazu. Xaver Moosgruber betrat in Begleitung von Josefine Weiblinger das Wohnzimmer, was die Stimmung nicht unbedingt verbesserte.

„Also Schickerl", polterte der Bürgermeister. „Wo's hast du dir dabei bloß gedacht? Was soll des werden hier heut Abend?"
Schickerl lächelte.
„Abwarten Moosgruber, gell. Immer schee abwarten."

Dann stand er auf und erhob das Wort.

Es folgt die Vorstellungsrunde; bitte lesen Sie die Vorstellungstexte reihum in der auf den Rollen angegebenen Reihenfolge vor.

Vorstellungstext Edwin/a Schickerl
- Polizei Wulfrathshausen-
(Bitte als Erster in der Runde vorlesen)

Meine Damen, meine Herren, ich hab Sie natürlich net ohne Grund hergebeten. Zuerst des Allerwichtigste: Mir, die Polizei, können die Theorie eines Jagdunfalls im Todesfall Konrad Weiblinger nimmer aufrechterhalten. Tatsache ist, und dös wurde durch die Spurensicherung nachgewiesen, dass gegen 05:30 Uhr vom Hochsitz des Herrn Moosgruber der tödliche Schuss abgegeben wurde. Die Sichtlage war so gut, dass wir davon ausgehen müssen, dass absichtlich auf den Weiblinger g'schossen wurde. Es kann eine Verwechslung mit einem Wild ausgeschlossen werden. Die Leich wurde dann später, gegen 10:00 Uhr, von einem Wanderer gefunden. Heut in der Früh hat sich bei mir auf dem Revier eine Zeugin gemeldet. Sie hat den Schuss gehört, weil sie ganz in der Nähe vom Hochstand Schwammerln gesammelt hat.

Kurz darauf ist in etlicher Entfernung a Person durch den Wald gelaufen, die einen weißen Overall, so, wie man ihn zum Renovieren im Baumarkt kriegt, getragen hat. Da es im Wald ja wohl nix zum Renovieren gibt, geh I amol davon aus, dass des der Täter gewesen sein könnt. Leider konnte die Zeugin keine nähere Beschreibung abgeben; sie war einfach zu weit fort. Auf dem Hochstand gab es diverse DNA-Spuren, die wir dem Moosgruber, dem Konrad Weiblinger selbst, der Susanne Schwammberger und auch von der Traudl Stacher-Weiblinger zuordnen konnten.
Alles Leut, die regelmäßig den Hochstand benutzt haben. Ansonsten war der Hochstand sauber. Was wollt der Konrad Weiblinger in aller Frühe da oben auf der Lichtung? Er wurde zirka gegen 05:30 Uhr erschossen, soviel steht fest. Als er

gefunden wurde, hatte er dabei: Autoschlüssel, Haustürschlüssel, Papiere und ein Taschentuch. Merken Sie was?

Er hatte kein Gewehr dabei, wollte also nicht zur Jagd. I bitt Sie jetzt alle der Reihe nach, sich kurz vorzustellen und dann anschließend mit dazu beizutragen, dass mir den Fall hier intern lösen, bevor er nach München übertragen wird und dann alles von den Großkopferten genau unter die Lupe genommen wird.

Dös wollen wir doch alle net, oder?
Den Fall, den lösen wir selbst.

Geheimtext Edwin Schickerl

Weitere Informationen für dich! Du darfst von all diesem Wissen in der Ermittlungsrunde Gebrauch machen! Wenn du etwas gefragt wirst, solltest du die Wahrheit sagen, denn du bist nicht der Täter und hast nichts zu befürchten.

Was du sonst noch über den Fall weißt:
- Der Mord wurde laut Ballistik mit einer Baronesse K95 begangen.
- Vor der Hütte vom Moosgruber wurden nach der Tat frische Spuren eines Motorrades gefunden.
- Der Täter hat über eine Distanz von 180 Metern geschossen. 1 Schuss, 1 Treffer.

Kläre also zunächst folgende Fragen:
Wer von den Anwesenden ist ein guter Schütze?
Wer fährt Motorrad?
Wer hat den Weidinger so gehasst oder gefürchtet?
Ist die geplante Hochzeit das Motiv für die Tat oder gibt es noch andere Gründe?
Wo waren die Anwesenden zur Tatzeit?

Und noch was:
Du hast für den Bau deines Hauses ein Darlehn von Konrad Weiblinger erhalten über 80.000 Euro. Leider bist du mit den Rückzahlungen etwas im Verzug. Der Weiblinger war aber großzügig und du hast im Gegenzug dann schon mal übersehen, wenn er mit 5 verzehrten Weißbier noch mit dem Auto heimgefahren ist.

Nach den Ermittlungen schreibt jeder auf, wen er für den Täter hält, und später lösen wir den Fall gemeinsam auf.

Vorstellungstext Xaver Moosgruber, Bürgermeister
(Bitte nach Edwin vorlesen)

Meine Damen, meine Herren, ein Mord in Wulfrathshausen, also dös hät I mir ja niemals vorstellen können. Und dann auch noch in meinem Jagdrevier. A riesen Sauerei is des.

Der Weiblinger und I waren beste Freude, all die Johr, gell. Jeder hier weiß dös. I hob sicher keinen Grund gehabt, ihn zu erschießen. Zur Tatzeit hob I noch g'schlafen. Natürlich gibt's da keine Zeugen, denn I leb ja allein. Meine DNA-Spuren sind logischer Weise auf dem Anstand, es ist ja mein Hochstand und I war recht oft dorten. Die Susanne macht grad den Jagdschein und war zusammen mit dem Konrad auch dort und die Traudl natürlich ebenfalls. Wir ham den Hochstand übrigens erst vor gut 8 Wochen dort aufbaut.

Früher stand er gut 800 Meter weiter oben, aber da ist uns selten a Viech vor die Flinten g'laufen. Neben meiner Bürgermeistertätigkeit besitze ich noch aan Baumarkt, oben an der Hauptstraße. I bin a vielbeschäftigter Mensch, des können's sich ja sicher denken, gell. So, nun hoff I, dass der tüchtige Herr Schickerl den Fall recht schnell aufklärt, bevor sich die Münchner Kommissare hier tummeln. Da hat er scho Recht, der Schickerl.

Geheimtext Xaver Moosgruber

Weitere Informationen für dich! Du darfst von all diesem Wissen in der Ermittlungsrunde Gebrauch machen! Wenn du etwas gefragt wirst, solltest du die Wahrheit sagen, denn du bist nicht der Täter und hast nichts zu befürchten.

Was du sonst noch über den Fall weißt:

Du hattest vergangene Woche heftigen Streit mit dem Konrad. Grund: Konrad und Traudl besitzen zu gleichen Teilen ein großes Grundstück oben am Waldrand. Du besitzt das Nachbargrundstück und willst einen Golfplatz bauen. Dazu brauchst du das Land der Weiblingers. Du hast 1,2 Millionen geboten, aber der Konrad wollte partout nicht verkaufen.
Die Traudl schon; sie hätte das Geld auch gut gebrauchen können, aber der Konrad blieb stur bei seinem „Nein" in der Sache.

Die Baronesse hat früher der Traudl gehört. Du hast sie vor 1 Jahr für einen Spottpreis von ihr gekauft, als sie knapp bei Kasse war. Sie ist, bis auf das Grundstück, völlig mittellos, denn ihr verstorbener Mann, der Alfons Stacher, hat all ihr geerbtes Geld durchgebracht. Auch Traudl ist eine gute Schützin.

Josefine wurde seinerzeit schuldig geschieden. Der Konrad wollte sie preiswert loswerden. Du hast ihm dabei geholfen, indem du sie auf die Jagdhütte gelockt hast. Konrad hat euch ”in flagranti" erwischt, obwohl gar nichts passiert war. Du hast im Scheidungsprozess aber anderes ausgesagt. Damals galt noch das Schuldprinzip. Josefine musste Haus und Hof ohne jede Abfindung verlassen und auch die Kinder zurücklassen. Sie hat sicher eine ordentliche Portion Wut auf euch beide. Josefine war früher Schützenkönigin im Ort. Ob sie heute noch schießt, weißt du allerdings nicht.

Den Johannes Ortlieb konnte der Konrad nicht leiden, weil er im Betriebsrat aktiv ist. Konrad hat dir noch am Donnerstag gesagt, er würde ihn rausschmeißen, weil er sich an die Linda rangemacht hat. Ein Gewerkschafter in der Familie, das hätte der Konrad nie erlaubt.

Und ja, in deinem Baumarkt kann man weiße Einweg-Overalls zum Renovieren kaufen. Sie laufen recht gut.

Nach den Ermittlungen schreibt jeder auf, wen er für den Täter hält, und später lösen wir den Fall gemeinsam auf.

Vorstellungstext Josefine Weiblinger
(Bitte nach Xaver vorlesen)

Ich bin Josefine, die geschiedene Frau vom Konrad. Vor 25 Jahren hat mich der Konrad von Haus und Hof gejagt, wie eine Aussätzige. Sogar die Kinder musste ich hier lassen; ich wurde schuldig geschieden und bekam keinen Pfennig. Er hat mir damals, mit Hilfe eines Freundes, eine ganz miese Falle gestellt. Darin war er großartig, der Herr Brauereibesitzer. Hauptsache, er war mich billig los und er hatte die Kinder. In Spanien habe ich mir eine neue Existenz aufgebaut. Heute besitze ich in Palma 3 Hotels.

Vor 2 Jahren kam der Max zu mir, auch ihm hat sein Vater übel mitgespielt. Zu Linda und Max hatte ich die ganzen Jahre einen guten Kontakt. Daher bin ich auch zur Beerdigung angereist. Ich möchte den beiden jetzt einfach beistehen. Linda stand ja ganz furchtbar unter der Fuchtel des Vaters; ich glaube, sie hatte regelrecht Angst vor ihm. Leider wollte sie nicht zu mir nach Spanien kommen, es wäre ihr sicher gut bekommen.

Aber zu was anderem:
Was wäre im Falle der Hochzeit am Montag eigentlich aus Traudl geworden? Wohnt sie nicht auch in der Villa? Ihr Mann, Alfons, ist ja jetzt auch schon Jahre tot und soviel ich weiß, hat sie kein eigenes Haus mehr.

Geheimtext Josefine

Weitere Informationen für dich! Du darfst von all diesem Wissen in der Ermittlungsrunde Gebrauch machen! Wenn du etwas gefragt wirst, solltest du die Wahrheit sagen, denn du bist nicht der Täter und hast nichts zu befürchten.

Was du sonst noch über diesen Fall weißt:

Vor 25 Jahren hat der Moosgruber dich umgarnt und in seine Jagdhütte gelockt. Der Konrad hat euch dann dort „erwischt", obwohl gar nichts passiert war. Der Moosgruber hat bei der Scheidung für den Konrad ausgesagt und du musstest ohne Pfennig den Hof und die Kinder verlassen. Dein Mann war charakterlos.

Das musste auch der Max erfahren, mehr dazu erfährst gleich, wenn Max sich vorstellt.

Du bist schon 2 Tage vor dem Mord in München angekommen und hast dich mit Konrad im Hofbräuhaus getroffen. Du wolltest erreichen, dass er sich vor der Hochzeit mit dem Max versöhnt. Konrad war aber unerbittlich.
„Wer einmal gegangen ist, braucht nicht mehr zurückkommen", war seine Devise. Dann, plötzlich am Donnerstagabend, so gegen 21:00 Uhr, rief er dich an und wollte den Max doch sprechen. Konrad war emotional sehr aufgewühlt. Irgendetwas war vorgefallen, was seine Meinung geändert hat. Du hast ihm Max´ Handy-Nr. gegeben, weißt aber nicht, ob die beiden wirklich telefoniert haben.

Linda und Ortlieb haben sich verliebt, dies hat Linda dir anvertraut. Der Konrad sollte aber nichts davon wissen, denn Ortlieb ist seit einiger Zeit aktiv in der Gewerkschaft tätig.

Das war für den Konrad ein Grund, ihn rundweg abzulehnen. Auch darüber hast du im Hofbräuhaus mit Konrad gesprochen. Du wolltest erreichen, dass er Johannes Ortlieb als Lindas Freund akzeptiert. Dies war ein Fehler, denn Konrad war über diese Verbindung total empört und hat sich furchtbar aufgeregt darüber.

Nachdem der Treff im Hofbräuhaus ohne jedes Ergebnis geendet hat, hast du am Donnerstag die Susanne Schwammberger angerufen und ihr erzählt, was der Konrad damals mit dir gemacht hat und wie er dir die Kinder weggenommen hat. Susanne war schockiert, das hast du gemerkt.

Nach den Ermittlungen schreibt jeder auf, wen er für den Täter hält, und später lösen wir den Fall gemeinsam auf.

Vorstellungstext Max Weiblinger
(Bitte nach Josefine vorlesen)

Ich bin der Max Weiblinger, Brauereimeister und Betriebswirt. Vor 2 Jahren habe ich Vater meine Braut Susanne vorstellt. Ich merkte gleich, dass sich die beiden sehr sympathisch sind.

2 Wochen später hat sich Susanne von mir getrennt und war dann mit meinem Vater zusammen. Ich habe daraufhin die Brauerei und auch Wulfrathshausen verlassen und bin zu meiner Mutter Josefine nach Spanien gegangen. Dort arbeite ich heute in einem ihrer 3 Hotels. Bis zur Beerdigung bin ich nicht mehr hierher zurückgekehrt.

Vor 14 Tagen habe ich meinen Jahresurlaub angetreten und bin quer durch Europa gereist. Linda hat mich am Freitag per Handy informiert, dass der Vater tot ist, erschossen auf der Lichtung. Diese Lichtung war seit meinen Kindertagen der Lieblingsplatz vom Vater und mir. Hier saßen wir oft zusammen und haben über Gott und die Welt diskutiert. Ich bin auch Jäger und kann schießen, aber zur Tatzeit lag ich auf einem Campingplatz in der Toskana im Zelt und schlief.

Nun jedenfalls bin ich zurück und werde meinen Platz in der Brauerei schon morgen wieder einnehmen. Ich hatte vor meinem Weggang die kaufmännische Leitung.

Geheimtext Max

Weitere Informationen für dich! Du darfst von all diesem Wissen in der Ermittlungsrunde Gebrauch machen! Wenn du etwas gefragt wirst, solltest du die Wahrheit sagen, denn du bist nicht der Täter und hast nichts zu befürchten.

Was du sonst noch über diesen Fall weißt:

Gestern in der Nacht hat dich die Susanne angerufen, aber du hast sofort aufgelegt. Du willst nichts mehr mit ihr zu tun haben.

Was in den letzten Tagen passiert ist:
Du bist schon 2 Tage vor dem Mord mit deinem Motorrad in München angekommen und hast dich in einem kleinen Hotel eingemietet. Es war dein erster Besuch in Bayern, seit du nach Spanien gegangen bist. Am Donnerstag gegen 21:00 Uhr rief dein Vater dich völlig überraschend auf deinem Handy an. Er wollte dich treffen und ihr habt euch am Mordtag in aller Frühe auf der Lichtung verabredet. Du bist mit dem Motorrad bis zur Hütte gefahren und den Rest zu Fuß gegangen.
Auf halbem Weg fiel ein Schuss und als du zur Lichtung kamst, lag der Vater tot dort. Du bist so erschrocken, dass du gleich weg bist, ohne die Polizei zu rufen.

Linda renoviert gerade ihre Wohnung, du hast nach der Beerdigung weiße Overalls bei ihr liegen sehen.

Deine Tante Traudl besitzt auch eine Baronesse, das weißt du von früher. Sie ist außerdem eine hervorragende Schützin und war regelmäßig mit dem Vater auf der Jagd.

Ansonsten ist Tante Traudl eine arme Person. Ihr Mann, der Alfons Stacher, hat ihr Erbe durchgebracht. Sie musste sogar ihr Haus verkaufen und ist, bis auf einen Grundstücksanteil, völlig mittellos.

Du willst auf jeden Fall wieder deine Position in der Brauerei einnehmen. Es gibt so viel zu tun, dass auch Johannes Ortlieb einen sicheren und guten Arbeitsplatz haben wird.

Linda ist augenscheinlich verliebt in ihn. Ob dein Vater das wusste?

Und woher hatte dein Vater deine Handy-Nr?
Du hast sie ihm sicher nicht gegeben.

Nach den Ermittlungen schreibt jeder auf, wen er für den Täter hält, und später lösen wir den Fall gemeinsam auf.

Vorstellungstext Linda Weiblinger
(Bitte nach Max vorlesen)

Ich bin Linda, die ältere Schwester von Max und arbeite in der Brauerei in der Marketingabteilung. Schießen kann ich nicht; ich bin Tierfreundin durch und durch.

Ich käme auch nie auf die Idee, ein Gewehr auch nur anzurühren; ja, ich esse ja noch nicht einmal Fleisch. Zur Todeszeit meines Vaters war ich noch zu Hause, ich renoviere gerade mein kleines Appartement im Keller der Villa und bin gleich um 06:00 Uhr in der Frühe aufgestanden, um den Flur noch fertig zu streichen.
Der Johannes Ortlieb hat mir in den letzten Tagen beim Streichen geholfen, und auch die Tante Traudl, so dass ich nun fast fertig bin. Über die bevorstehende Hochzeit meines Vaters war ich nicht erfreut, hätt es aber akzeptieren müssen. Allerdings verstehe ich die Susanne nicht. Erst der Max, dann der Vater, so was macht man doch net. Natürlich ist sie schuld, dass der Max weg ist.

Zu meiner Mutter habe ich ein gutes Verhältnis, wir haben sie immer in den Ferien besucht und ich freue mich, dass sie jetzt, in diesem schweren Tagen, hier ist.

Am Freitag habe ich mich gewundert, dass der Vater schon so früh weggefahren ist, ich hab ja seinen Wagen gehört. Aber ich dachte, er fährt mit dem Moosgruber zur Jagd. Das hat er ja häufiger getan.

Geheimtext Linda

Weitere Informationen für dich! Du darfst von all diesem Wissen in der Ermittlungsrunde Gebrauch machen! Wenn du etwas gefragt wirst, solltest du die Wahrheit sagen, denn du bist nicht der Täter und hast nichts zu befürchten.

Was du sonst noch über diesen Fall weißt:

Du hast seit einem Betriebsfest vor 3 Wochen ein Verhältnis mit Johannes Ortlieb. Dies durfte dein Vater aber nicht wissen, er wäre furchtbar wütend geworden, denn Johannes hat einen Betriebsrat gegründet in der Brauerei und dem Vater einige Schwierigkeiten gemacht. Dein Vater war ein Ausbeuter und Johannes hat ihm die Grenzen aufgezeigt.

Es ist eigentlich schade, dass der Max wieder in die Brauerei will; du hättest sie jetzt auch ganz gut mit Johannes alleine führen können.

Tante Traudl ist völlig mittellos, ihr verstorbener Mann, der Stacher, hat ihr ganzes Geld durchgebracht. Das einzige was sie noch besitzt, ist die Hälfte eines Grundstücks. Die andere Hälfte besaß euer Vater.

Der Moosgruber ist an dem Grundstück interessiert, er will einen Golfplatz bauen und braucht euren Grund dazu. Er hat 1,2 Millionen geboten.

Dein Vater wollte es nicht verkaufen und hatte mit der Traudl deshalb noch am Donnerstag einen heftigen Streit.

Zum Renovieren hast du einige weiße Papieroveralls im Baumarkt Moosgruber gekauft. Tante Traudl und auch Johannes haben dir am Donnerstag beim Streichen geholfen.

Johannes kam aber erst sehr spät, nach 22:00 Uhr, aus dem Büro, da war die Traudl schon wieder in ihrer Wohnung in der Villa.
Der Max war schon 1 Tage vor dem Mord in München, das weißt du von einer Freundin, die in München wohnt und ihn am Donnerstagabend mit seinem Motorrad gesehen hat. Es stimmt also nicht, dass er in der Toskana war, als du ihn angerufen hast.

Schießen können hier viele Personen: Josefine, Traudl, Max, der Schickerl, der Moosgruber, die Susanne und auch der Johannes. Der ist in Düsseldorf auch im Jagdverein.

Nach den Ermittlungen schreibt jeder auf, wen er für den Täter hält, und später lösen wir den Fall gemeinsam auf.

Vorstellungstext Traudl Stacher-Weiblinger
(Bitte nach Linda vorlesen)

I bin die Traudl Stacher-Weiblinger, die Schwester vom Toten. Am Todestag hob i noch im Büro beim Ortlieb nach dem Konrad gefragt, er war ja net zum Frühstück do, aber der Ortlieb wusst auch nix. Der Bürgermeister hat sich letzte Woch noch arg mit meinem Bruder gezankt. Es ging um ein Grundstück, des der Konrad net verkaufen wollt.

Dabei braucht der Moosgruber des Grundstück ganz dringend. I denk, jetzt, wo der Konrad tot ist, sollt der Bürgermeister mit den Erben sprechen. Der Moosgruber will doch aan Golfplatz bauen und ohne des Grundstück geht des net.

Was kann I sonst noch sagen?
Schießen kann I natürlich, I war auch oft oben auf dem Anstand vom Moosgruber. Des g'hört hier in Bayern einfach dazur. Aber I hätt natürlich nie auf meinen Bruder g'schossen. Warum auch, gell?

Dass die Josefine grad jetzt wieder hier auftaucht, dös wundert einen scho. Dös glaubt ihr doch kein Mensch, des die nur wegen der Beerdigung hierher kimmt. Aus Spanien. Dös ist doch riesig weit weg, gell!

Geheimtext Traudl

Weitere Informationen für dich! Du darfst von all diesem Wissen in der Ermittlungsrunde Gebrauch machen! Wenn du etwas gefragt wirst, solltest du die Wahrheit sagen, denn du bist nicht der Täter und hast nichts zu befürchten.

Was du sonst noch über diesen Fall weißt:

Dein verstorbener Mann, der Alfons Stacher, hat dein ganzes Erbe aus der Brauerei durchgebracht. So ganz mittellos bist du aber nicht, denn du besitzt zur Hälfte das Grundstück, welches der Moosgruber unbedingt kaufen will. Die andere Hälfte gehörte dem Konrad. Der Moosgruber hat 1,2 Millionen geboten.
Du wolltest verkaufen und hast dich deshalb noch am Donnerstag sehr mit dem Konrad gestritten, denn dieser hat den Verkauf konsequent abgelehnt.

Die Baronesse gehörte früher dir, der Mossgruber hat sie dir vor 2 Jahren abgekauft, weil du Geld brauchtest. Er hat nur einen ganz miesen Preis gezahlt, weil er um deine Lage wusste. Um ihn zu ärgern, hast du ihm die Waffe vor Tagen aus der Hütte gestohlen. Es sollte ein Jux sein, er schloss ja nie den Waffenschrank ab und den Schlüssel zur Hütte haben viele Leute.
Leider ist dir die Waffe auch gestohlen worden. Sie stand in deiner Garderobe in der Villa und war plötzlich weg. Da kann sie wirklich jeder mitgenommen haben, zumal du nicht genau weißt, wann sie fort war. Gemerkt hast du es erst am Freitag.
Du hast der Linda beim Streichen ihrer Wohnung geholfen, dabei hat die Linda auch immer einen weißen Overall getragen, so wie man sie im Baumarkt vom Moosgruber kriegt.

Sie hatte gleich mehrere davon.

Du weißt vom Konrad, dass er die Josefine am Mittwoch vor dem Mord in München, im Hofbräuhaus, getroffen hat. Warum lügt sie und sagt, sie sei erst zur Beerdigung angereist?

Der Schickerl schuldet deinem Bruder 80.000 Euro. Konrad hat ihm diese Summe vor einem Jahr geliehen, als der Schickerl ein Haus gebaut und sich dabei finanziell völlig verhoben hat. Nun ist er mit den Raten im Rückstand. Das solltest du ruhig mal erwähnen.

Am Todesmorgen warst du in aller Frühe in den Pilzen. Einen ganzen Korb voller Schwammerl hast du heimgebracht.

Nach den Ermittlungen schreibt jeder auf, wen er für den Täter hält, und später lösen wir den Fall gemeinsam auf.

Vorstellungstext Susanne Schwammberger
(Bitte nach Traudl vorlesen)

Ich bin Susanne Schwammberger und die wohl meist gehasste Person hier im Raum. Der Max ist zu Recht böse auf mich; er hat sich ja wegen mir mit seinem Vater überworfen.

Die Traudl ist sauer auf mich, weil ich darauf bestanden habe, dass sie nach der Hochzeit auszieht. Sie mischt sich halt in alles und jedes ein hier im Haus und solange sie da ist, werde ich hier nie das Haus führen können.

Die Linda mag mich auch nicht, weil sie natürlich Angst um ihr Erbe hat und weil sie ihren Bruder vermisst, der wegen mir den Ort
verlassen hat.

Die Josefine sieht mich sicher als Gefahr für das Erbe ihrer Kinder.

Ich habe allerdings Neuigkeiten für euch alle: Ich habe dem Konrad am Donnerstag, so gegen 20:00 Uhr in seinem Büro gesagt, dass ich ihn am Montag nicht heiraten kann und noch Bedenkzeit brauche.
Der Konrad sagte wortwörtlich: „Wenn's jetzt absagst, kannst gehen."
So war er eben, der Konrad. Wenn es nicht nach seiner Nase ging, ließ er einen sofort fallen und wandte sich ab. Ich wollte daraufhin am Freitag ausziehen, aber dann kam ja der Mord dazwischen. Nur deshalb bin ich noch da. Ich mache gerade den Jagdschein und war daher schon öfters mit auf dem Hochstand. Ich bin aber noch keine gute Schützin, soviel steht fest und ich habe auch wirklich kein Motiv, den Konrad

zu erschießen.
Warum hätte ich das tun sollen?

Geheimtext Susanne

Weitere Informationen für dich! Du darfst von all diesem Wissen in der Ermittlungsrunde Gebrauch machen! Wenn du etwas gefragt wirst, solltest du die Wahrheit sagen, denn du bist nicht der Täter und hast nichts zu befürchten.

Was du sonst noch über diesen Fall weißt:

Du hast am Beerdigungsabend den Max auf seinem Handy angerufen; er hat aber sofort aufgelegt und will wohl nichts mehr mit dir zu tun haben. Damit musst du leben.

Warum du den Konrad nicht mehr heiraten wolltest:
Josefine hat dich am Donnerstag angerufen und dir so einiges aus Konrads Vergangenheit erzählt. Daraufhin wolltest du die Hochzeit verschieben (Bedenkzeit).
Du hast es Konrad am Abend im Büro gesagt. Nach dem Gespräch im Büro bist du gleich nach Hause gelaufen. Du hattest auch vorher schon Zweifel an der Hochzeit, aber das Gespräch mit Josefine war der Auslöser.

Josefine hat übrigens aus München angerufen, dies hat sie dir gesagt. Sie war also schon vor dem Mord in Bayern und ist nicht erst zur Beerdigung angereist.

Den Johannes Ortlieb hat Konrad in letzter Zeit auch mies behandelt. Ortlieb hat einen Betriebsrat gegründet und dafür gesorgt, dass die Mitarbeiter in der Brauerei nicht so ausgenutzt werden. Das hat dem Konrad nicht geschmeckt und er hat ihn schikaniert, wo er konnte. Du weißt, dass der Konrad dem Ortlieb am Donnerstagabend einen Brief geschrieben hat. Du hast den Briefumschlag, adressiert an den Ortlieb, auf Konrads Schreibtisch gesehen. Was darin stand, weißt du aber nicht.

Und noch etwas ist vielleicht wichtig:
Der Konrad und der Moosgruber hatten am Vortag des Mordes einen großen Streit. Es ging irgendwie um ein Grundstück und der

Bürgermeister war außer sich vor Wut. Genaueres weißt du aber nicht.

Nach den Ermittlungen schreibt jeder auf, wen er für den Täter hält, und später lösen wir den Fall gemeinsam auf.

Vorstellungstext Johannes Ortlieb
(Bitte nach Susanne vorlesen)

Ich bin Johannes Ortlieb aus Düsseldorf und seit 2 Jahren hier. Ich kam in die Firma, nachdem Max Weiblinger das Unternehmen verlassen hat und habe seine Position eingenommen. Im vorigen Jahr habe ich einen Betriebsrat gegründet; das hat dem Herrn Weiblinger nicht geschmeckt, aber schließlich hat er es akzeptiert. Wir kamen eigentlich ganz gut miteinander aus. Durch die zusätzliche Arbeit im Betriebsrat kam ich selten vor 22:00 Uhr aus dem Büro, aber das hat mir nichts ausgemacht.

Am Freitag war ich zur Tatzeit auch schon wieder in der Brauerei an meinem Schreibtisch.

Die Traudl Stacher-Weiblinger hat morgens gegen 10:00 Uhr im Büro nach ihrem Bruder gefragt. Als sie wieder hinausging, war mein Teppichboden im Büro voller Erde. Sie muss die Erde an den Schuhen gehabt haben. War sie schon so früh im Wald? Die Lichtung, wo der Weiblinger erschossen wurde, kenne ich, er hat sie mir vor gut 3 Wochen mal bei einem Betriebsausflug gezeigt. Ein schöner Ort, wirklich idyllisch gelegen. Er hat damals davon geschwärmt, dass er sich hier viel mit dem Max unterhalten hat, als der Junge noch klein war. Er hat seinen Sohn schon vermisst, das merkte man ihm deutlich an.

Geheimtext Johannes

Weitere Informationen für dich! Du darfst von all diesem Wissen in der Ermittlungsrunde Gebrauch machen!

Was du sonst noch über diesen Fall weißt:

Du bist auch Jäger, daheim in Düsseldorf. Hier, in Bayern, hat dich leider noch niemand zur Jagd eingeladen. Es ist nicht einfach als Preuße in Bayern. Der Weiblinger war ein ganz besonders schwerer Fall, vor allem, seit du den Betriebsrat gegründet hast.

Du hast seit dem Betriebsausflug vor 3 Wochen ein Verhältnis mit der Linda. Sie hatte schreckliche Angst, dass ihr Vater davon erfahren könnte, daher habt ihr euch immer heimlich treffen müssen.

Irgendwie hat er es aber doch erfahren, denn am Donnerstag hat er dir ohne jede Vorwarnung gekündigt. Er hat gemeint, der Max käme zurück und er bräuchte dich nicht mehr. Außerdem solltest du dich fern von der Linda halten, sonst würde was passieren. Die Kündigung hat er dir gleich gegeben, dies ist der Brief, den du heute vernichtet hast.

Du warst wahnsinnig wütend, denn du hast in den 2 Jahren in der Brauerei täglich fast immer 12 bis 14 Stunden gearbeitet und mehr Respekt erwartet. Natürlich wäre er kaum mit der Kündigung durchgekommen, aber der Weiblinger konnte einem das Leben schon zur Hölle machen.

Kurz darauf hast du ein Telefonat zwischen dem Weiblinger und dem Max belauscht. Du hast so erfahren, dass sich die beiden Freitagmorgen auf der Lichtung treffen wollten.

Du bist dann am Donnerstag noch spät zu Linda gefahren und hast ihr beim Streichen geholfen. Sie hat die weißen Papieroveralls zum Renovieren im Haus. Da bist du plötzlich auf die Idee gekommen, den Weiblinger zu beseitigen, denn damit war dein Job gerettet und Linda wäre endlich frei gewesen von allen Bevormundungen.

Du hast einen Overall und später auch die Baronesse mitgenommen. Die Waffe stand in der Garderobe von der Traudl.

Du bist in aller Frühe zum Hochstand, hast den Weiblinger erschossen und später die Waffe und den Overall versteckt.

Wenn du gefragt wirst, welchen Brief du vernichtet hast, lass dir etwas einfallen.

Wieso dachte der Weiblinger, dass der Max zurückkommt? Versuche geschickt, dies heraus zu finden.
Gib auf keinen Fall ein Geständnis ab. Du wirst sehen, auch viele andere haben ein Motiv und werden der Tat verdächtigt.

Nach den Ermittlungen schreibt jeder auf, wen er für den Täter hält, und später lösen wir den Fall gemeinsam auf.

Vorstellungstext Susi Hosenbein
(Bitte nach Johannes vorlesen)

Ich bin Susi Hosenbein und sitze seit 3 Jahren im Vorzimmer des Bürgermeisters. Da kriegt man ja so manches mit, das kann ich Ihnen versichern. Als die Frau Josefine da ins Büro platzte, also da ging mir schon die Hutschnur hoch. Stöckelt da einfach so an mir vorbei und knallt dann auch noch die Türe vor meiner Nase zu. Naja, von den Großkopferten ist man ja so einiges gewohnt, gell?

Viel kann ich nicht sagen, aber der alte Weiblinger, der konnte keinen Rock laufen sehen. Da war doch keine vor ihm sicher und die Männer wussten des auch. Da hatte manch einer einen Hals auf den Konrad.

Geheimtext Susi Hosenbein

Weitere Informationen für dich! Du darfst von all diesem Wissen in der Ermittlungsrunde Gebrauch machen! Wenn du etwas gefragt wirst, solltest du die Wahrheit sagen, denn du bist nicht der Täter und hast nichts zu befürchten.

Was du sonst noch über diesen Fall weißt:

Ja, liebe Susi... du hast es heute besonders gut. Niemand wird dich verdächtigen; so viel steht wohl fest.
Du kannst daher ganz besonders gut zuhören und ermitteln.
Hier hat fast jeder „aan Dreck" am Stecken, so viel ist sicher!
Also Susi, höre genau hin und mach dir Notizen!
Der Fall ist mit Logik aufzuklären; dies verrate ich nur dir!

Nach den Ermittlungen schreibt jeder auf, wen er für den Täter hält, und später lösen wir den Fall gemeinsam auf.

Neutraler Beobachter
(Bitte als letzter in der Runde vorlesen)

Ich nehme als neutraler und unabhängiger Beobachter an dieser Ermittlungsrunde teil.

Dies ist insofern von Vorteil, als dass ich sehr genau hinhören und aufpassen kann, denn ich bin nicht so befangen wie alle anderen am Tisch.

Der Mörder kann sich also darauf gefasst machen, dass ich die Person bin, vor der er sich am meisten in Acht nehmen muss.

Ich werde sehr genau darauf achten, was die einzelnen Personen aussagen und bin sicher, dass ich dem Täter auf die Spur kommen werde.

Geheimtext Neutraler Beobachter:

Weitere Informationen für dich! Du darfst von all diesem Wissen in der Ermittlungsrunde Gebrauch machen! Wenn du etwas gefragt wirst, solltest du die Wahrheit sagen, denn du bist nicht der Täter und hast nichts zu befürchten.

Auf den ersten Blick kommt es dir vielleicht etwas langweilig vor, keine eigene Rolle zu haben. Das ist aber auf keinen Fall so, denn du hast als einziger am Tisch den Kopf frei und musst dich nicht mit eigenen Motiven und dergleichen beschäftigen.

Einige der Personen, die hier am Tisch sitzen, haben ein kleines oder größeres Geheimnis - und diese Geheimnisse gilt es, herauszufinden. Oft gehen gute Ermittlungsansätze im Gespräch unter, weil neue Vorwürfe laut werden und das vorher Gesprochene in Vergessenheit gerät. Höre genau hin und versuche, jeder einzelnen Aussage auf den Grund zu gehen. Mach dir Notizen, wenn du etwas wichtig erachtest.

Sei darauf gefasst, dass du schon alleine wegen deiner Anwesenheit verdächtigt werden kannst. Verteidige dich vehement, denn du hast ja nichts getan. Überlege dir eine gute Ausrede, warum du überhaupt von dem Mord erfahren hast. Warum warst du vor Ort? Wer hat dich informiert? Verbünde dich mit einem der Beschuldigten und verteidige ihn vehement, aber nur mit jemand, den du selbst als Täter ausschließt!

Bedenke:

Die meisten Morde sind eine Beziehungstat und geschehen aus Eifersucht oder verschmähter Liebe. Aber auch die Gier darf nicht als Motiv unterschätzt werden. Der springende

Punkt heute ist: Wer hatte ein Motiv, diese Tat zu begehen und wer die Gelegenheit?

Nach den Ermittlungen schreibt jeder auf, wen er für den Tä-ter hält, und später lösen wir den Fall gemeinsam auf.

Auflösung:

Wer hatte ein Motiv und die Gelegenheit, den Weiblinger zu ermorden?

Da wäre zunächst der Bürgermeister Moosgruber.
Er hat sicher ein Motiv. Es geht hier um das dringend benötigte Grundstück für den Golfplatz. Außerdem kann er schießen und ob er sich die Baronesse, die ja offen in der Diele der Villa stand, nicht einfach wieder genommen hat, wissen wir nicht.

Die Traudl ist ebenso verdächtig, weil sie dringend Geld brauchte und es durch den Verkauf des Grundstücks bekommen hätte. Ihr Bruder Konrad, Miteigentümer des besagten Stück Landes, hat sich hier verweigert. Noch dazu sollte Traudl am Montag aus der Villa ausziehen. Schießen kann sie auch und sie hat die Baronesse aus der Hütte vom Moosgruber gestohlen. Insofern ist Traudl sicher ebenfalls eine der Hauptverdächtigen.

Die Josefine ist, ebenso wie der Max, nachweislich nicht erst zur Beerdigung angereist. Sie saß schon Tage vorher mit dem Weiblinger im Hofbräuhaus.
Früher war sie Schützenkönigin hier in Wulfrathshausen und ein Motiv ist auch vorhanden. Sie wollte vielleicht das Erbe ihrer Kinder verteidigen.

So könnten wir jetzt jeden einzeln beleuchten und hinterfragen. In diesem Fall aber scheiden eine Reihe von Verdächtigen durch eine wichtige Beobachtung von vorne herein aus:
Wir wissen, dass der Täter einen Overall getragen hat, um keine DNA-Spuren zu hinterlassen. Alle, die den Hochstand

regelmäßig genutzt haben, müssen diese Vorsichtsmaßnahme nicht treffen. Ihre Spuren waren ja eh dort oben zu finden und leicht zu erklären.

Heraus aus der Hitliste der Verdächtigen sind somit auf einen Schlag der Moosgruber, die Traudl, die Susanne und auch der Polizist Schickerl. Dieser konnte zum Zwecke der Ermittlungen auch auf den Hochstand gehen und später erklären, auf diese Weise seien seine Spuren dorthin gelangt. Dieser vorgenannte Personenkreis hätte es ganz einfach nicht nötig gehabt, einen Overall zu tragen.

Verdächtig bleiben somit die Josefine, Max, Linda, Susi Hosenbein und Johannes Ortlieb. Nun müssen wir uns fragen:
Wer von diesen Personen kann denn überhaupt schießen?
Wer wusste vom neuen Standort des Hochstandes?
Er wurde ja erst vor einigen Wochen an dieser Stelle neu aufgebaut.

Und, dies ist sicher eine der wichtigsten Fragen:
Wer wusste überhaupt davon , dass der Weiblinger am frühen Morgen dort auf der Lichtung verabredet war?
Susi Hosenbein, ich denke, da sind wir uns einig, hatte überhaupt keine Berührungspunkte mit dem Weiblinger. Sie scheidet aus.

Josefine schießt zwar sehr gut; sie konnte vom neuen Standort des Hochstandes aber nichts wissen. Insofern scheidet Josefine ebenfalls aus.

Auch Max kann vom neuen Standort des Hochstands nichts wissen; allerdings war er mit seinem Vater auf der Lichtung verabredet. Der Ort des Treffens war für eine Versöhnung übrigens sehr gut von Konrad gewählt. An diesem Ort, dies hat der Max ja ausgesagt, haben Vater und Sohn früher oft gesessen und geredet.

Erinnern Sie sich noch an die Vorlesegeschichte?
Konrad Weiblinger starb mit dem Gefühl der großen Verwunderung. Er hat im Todesmoment tatsächlich gedacht, Max hätte geschossen. Warum aber sollte Max den Vater vor einem klärenden Gespräch töten? Er wusste doch gar nicht, was dieser ihm sagen würde. Dies ergibt keinen Sinn. Insofern können wir auch den Max aus der Hitliste der Verdächtigen streichen.

Kommen wir zu Linda.
Linda hatte weiße Overalls in der Wohnung, Angst vor ihrem Vater und Angst um ihre neue Liebe, den Johannes Ortlieb.

Wir wissen aus der Vorgeschichte, dass der Täter ein sehr guter Schütze gewesen sein muss! Auf die Entfernung einen so präzisen Schuss abzugeben, ist eine wirkliche Leistung. Linda kann aber definitiv nicht schießen und ist somit entlastet.

Bleibt Johannes Ortlieb.
Ortlieb war zwar nie zur Jagd eingeladen, er kannte aber seit dem Betriebsausflug die Lichtung. Mit Sicherheit hat er von dort aus auch den Hochstand gesehen. Schießen kann er ebenfalls; er ist in Düsseldorf im Schützenverein.
Johannes hat am Donnerstag noch lange im Büro gearbeitet. Susanne hat dem Konrad gegen 20:00 Uhr im Büro gesagt, dass die Hochzeit nicht stattfindet. Josefine sagt, gegen 21:00 Uhr habe der Konrad sie angerufen und nach Max Handy-Nr. gefragt. Max sagt ebenfalls, gegen ca. 21:00 Uhr

sei er vom Vater angerufen und auf die Lichtung bestellt worden.

Wir können also wie folgt kombinieren:
Der Johannes Ortlieb war, als die Aussprache zwischen Weiblinger und Susanne stattfand, im Büro, denn er ist erst gegen 22:00 Uhr zur Linda in die Wohnung gefahren.

ER konnte also die Aussprache und auch die anschließenden Telefongespräche belauschen. Johannes hatte an diesem Tag außerdem die Kündigung bekommen. Dies war der Brief, den er nach der Beerdigung zerschreddert hat.
Johannes war also ziemlich wütend auf den Konrad Weiblinger.
Später, bei Linda in der Wohnung, sah er die Baronesse in der Garderobe stehen. Da kam ihm die Idee, den Weiblinger zu beseitigen und somit gleich mehrere Probleme zu lösen.

Die Overalls in Lindas Wohnung kamen ihm gerade recht und fügten sich wunderbar in seinen Plan.
Johannes hatte es einfach satt, vom Konrad schikaniert zu werden und er hatte Angst um seine Zukunft. Mit der Kündigung wäre der Konrad rein arbeitsrechtlich nicht durchgekommen, aber er war ein mächtiger Mann in Bayern und hätte sicher dafür gesorgt, dass Johannes in Bayern nirgendwo mehr eine Arbeit bekommt.

Außerdem liebt Johannes die Linda und wollte sie unbedingt für sich gewinnen. Linda stand aber sehr unter dem Einfluss des Vaters und Johannes war sich nicht sicher, ob sie sich unter dem Druck nicht doch von ihm trennen würde.

Johannes Ortlieb ist der einzige hier mit einem Motiv, der

Gelegenheit und all dem Wissen, welches der Täter für diese Tat benötigte. Johannes Ortlieb ist heute Abend unser Täter.

Bitte lesen Sie Ihren Gästen nun unbedingt auch noch das Schlusswort von den nächsten Seiten vor, damit alle wissen, wie es weiterging in Wulfrathshausen.

Wie es mit unseren Mitspielern weiterging:

Eine Hochzeit in Wulfrathshausen ist immer ein Ereignis für alle Dorfbewohner und so war die kleine Kirche an diesem Tag bis auf den letzten Platz besetzt.
Der Bräutigam stand, fesch im neuen Janker und mit Lederhose gewandet, vorne am Altar und wartete auf die Braut. Er war überrascht, dass er so aufgeregt war und er war noch immer darüber verwundert, wie einfach sich manchmal die Dinge fügten.

In der ersten Reihe rechts saß Susi Hosenbein neben dem Polizisten Edwin Schickerl. „Habt ihr eigentlich inzwischen eine Spur?", wisperte Susi ihrem Nachbarn zu und kramte in ihrer Handtasche nach einem Taschentuch.
Edwin Schickerl zuckte mit den Schultern. „So viel I weiß, net. Den Fall haben jetzt die Großkopferten aus München an sich gerissen. I könnt denen ja an Tipp geben, aber bittschön, wenns mi net fragen, kann I a nix antworten. Sollens doch sehen, wias klar kimmen ohne mi."

Dann beugte er sich vor und grüßte freundlich hinüber zu Josefine, die soeben neben ihrer Tochter Linda in der ersten Reihe links Platz genommen hatte.
Josefine winkte freundlich zurück und wandte sich dann Linda zu.
„Hast du schon alles gepackt?", flüsterte sie.
Linda nickte. „Ja", wisperte sie leise zurück. „Mein Flieger geht heute Abend. Johannes ist gut in Rio angekommen. Er hat auch schon Räume gefunden für die Zweigstelle der Weiblinger-Brauerei."
Josefine lächelte zufrieden. „Dann ist ja alles gut. Bestimmt werdet ihr euch gut einleben und in den nächsten Jahren

wird das Weiblinger-Weißbier dank euch an der Copa Cabana nicht versiegen."

Bevor Linda noch etwas erwidern konnte, griff der Organist in die Tasten und spielte zum Auftakt „Großer Gott, wir lieben Dich".

Die Gemeinde stand auf und wandte sich gespannt der großen Eingangstüre zu.

Diese öffnete sich wenige Momente später. Angeführt von dem Pfarrer, der vor wenigen Wochen an gleicher Stelle den Trauergottesdienst für Konrad Weiblinger gehalten hatte, betrat die Braut am Arm von Max die Kirche. Ein Raunen ging durch die Gemeinde; die Braut war, dies hatte sicher niemand erwartet, in weiß gekleidet und komplett verschleiert.

Am Altar riss der Bräutigam ebenfalls erstaunt die Augen auf und strich sich nervös und verwundert über den gepflegten Schnäuzer.

Schritt für Schritt ging die Braut, das Getuschel in den Bänken ignorierend, an Max' Arm auf ihren künftigen Mann zu.

Als Traudl schließlich vor dem Altar angekommen war und Max sie an die Hand vom Moosgruber übergab, sagte dieser mit belegter Stimme: „In weiß Traudel? Und verschleiert? Meinst net, dass des in unserem Alter etwas ... seltsam ... ist?"

„Ah, woher", winkte Traudel lachend ab. I hob mir des immer scho so gewünscht und der Alois domals, der wo gar net in der Kirchen! Da ging des net. Und außerdem", Traudels Augen blitzen schelmig, als sie weitersprach: „außerdem, für so a halbertes Golfplatzgrundstück als Mitgift, da musst du scho a bisserls was aushalten, gell?"

Susanne Schwammberger stieg aus ihrem Porsche und holte die Rosen aus dem Kofferraum. Über einen kleinen Seiteneingang gelangte sie auf den Friedhof. Mit wenigen Schritten war sie am Grab der Familie Weiblinger und legte die Rosen aufs Grab.

„Ich werde wieder herkommen, wenn sich alle ein wenig beruhigt haben, mein Lieber", sagte sie und strich lächelnd über ihren 4-Monatsbauch. „Und wenns ein Bub wird, nenn ich ihn Konrad!"

ENDE

Autorenportrait

Cornelia H.-Müller ist seit 2006 als Autorin tätig. Ihr Genre sind Mitspielkrimis, Kinderspielgeschichten und Theaterstücke.

Autorenkontakt über
glashauskrimi@glashauskrimi.de

Besuchen Sie Cornelia H.-Müller auf ihrer Homepage:

www.glashauskrimi.de

Weitere Bücher von Cornelia H.-Müller, erschienen im Edition Paashaas Verlag:

Krimiparty:
5 neue Fälle für Ihre Ermittlungen zu Hause
Edition Paashaas Verlag
1. Ausgabe, Mai 2011,
Paperback, 188 Seiten
ISBN: 978-3-9813928-8-3, Preis: 13,95 €

Entdecken Sie Ihren kriminalistischen Spürsinn!
Mithilfe dieses Buches können Sie zu Hause gemeinsam mit Ihren Familienmitgliedern und Gästen auf Tätersuche gehen. Sie ermitteln und befragen, Sie bewerten Tatsachen und Aussagen und Sie finden schließlich heraus, wer der Täter oder die Täterin ist.

Diese Krimis finden Sie in dem Buch:

Irrtum oder Absicht? - Für 5-7 Spieler
Mord in bester Gesellschaft - Für 6 Spieler
Muttertag - Für 8-10 Spieler
Mann über Bord - Für 7-10 Spieler
Feine Verhältnisse! - Für 7-10 Spieler

Altersempfehlung: 12 bis 99 Jahre

Krimiparty Sonderausgabe 1:
Plötzlich und erwartet

Ein Fall mit Kommissarin Henriette Kragenberg

Cornelia H.-Müller
1. Ausgabe, September 2012
Paperback, 72 Seiten,
ISBN: 978-3-942614-25-2, Preis: 7,95 €

Cornelia H.-Müller präsentiert einen weiteren Fall aus der beliebten Mitspiel-Krimi-Reihe Krimiparty:

Karl-Friedrich von Staffelberg, ein wohlhabender Gewürzfabrikant, lädt seine Familie und einige Freunde zu einem feierlichen Weihnachtsessen ein. Zum ersten Mal ist in diesem Jahr auch Karl-Friedrichs frischangetraute dritte Ehefrau, die junge und schöne Jaqueline, dabei.
Dies wäre kaum erwähnenswert, stünden nicht auch die beiden Ex-Ehefrauen des Fabrikanten, Irene und Monika, auf der Gästeliste. Zu alledem sieht sich der Gastgeber am Weihnachtsabend mit wirklich ärgerlichen Indiskretionen konfrontiert! Dennoch endet das Fest ganz harmonisch, doch am nächsten Morgen gibt es einen Toten in der Villa zu beklagen...

Helfen Sie mit, diesen mysteriösen Todesfall aufzuklären!

Mitspieler: 7 bis 10 Personen
Altersempfehlung: 12 bis 99 Jahre

Krimiparty Sonderausgabe 2:
Workshop mit Todesfolge

Ein Krimi aus dem Allgäu.

Cornelia H.-Müller
1. Ausgabe, Januar 2013
Paperback, 72 Seiten,
ISBN: 978-3-942614-39-9, Preis: 7,95 €

Cornelia H.-Müller präsentiert einen weiteren Fall aus der beliebten Mitspiel-Krimi-Reihe "Krimiparty":

Toni Burger führt gemeinsam mit seiner Frau Zenzia einen einsam gelegenen Sennerhof inmitten des wunderschönen Allgäus. An einem Wochenende trifft sich dort oben auf 1800 m eine recht gemischte Reisegruppe, um mit einem Fasten- und Meditationsprogramm dem Alltag, zumindest für kurze Zeit, zu entfliehen.
Ganz so friedlich wie die Wollschweine, die der Toni züchtet, ist die Gegend allerdings nicht, denn schon am zweiten Tag gibt es einen Toten zu beklagen.

Warum dieser sterben musste, was ein Wollschwein-Workshop unter Männern damit zu tun hat und warum ein Sylter Strandkorb auf einem Sennerhof im Allgäu steht... dies herauszufinden, wird Ihre Aufgabe sein.

Mitspieler: 7 bis 10 Personen
Altersempfehlung: 12-99 Jahre

Krimiparty Sonderausgabe 3:
Die Rache

A Thriller - für Ladies only.

Cornelia H.-Müller
ISBN: 978-3-942614-41-2
72 Seiten, Paperback,
Format 13,5 x 21,5 cm
Preis: 7,95 €
Neuerscheinung März 2013

Die Rache ist süß... und manchmal zartbitter!

8 Frauen treffen sich an einem Wochenende im November in dem einsam gelegenen Landhaus der schwerreichen Camilla von Strelitz. Dort, in den Highlands nahe Iverness, sorgen ein Stromausfall, ein durchgebrannter Gaul und ein Todesfall für reichlich Abwechslung. Ermitteln Sie mit, wenn wir versuchen, etwas Licht in diesen nebulösen Fall zu bringen.

Mitspieler: 7 bis 10 Personen
Altersempfehlung: 12-99 Jahre

Alle Bücher sind unter: www.verlag-epv.de zu bestellen oder auch überall im Buchhandel erhältlich.